그런 방 하나

그런 방 하나

저　자 | 시마을3050 동인
발행자 | 오혜정
펴낸곳 | 글나무
주　소 | 서울시 은평구 진관2로 12, 912호(메이플카운티2차)
전　화 | 02)2272-6006
e-mail | wordtree@hanmail.net
등　록 | 1988년 9월 9일(제301-1988-095)

2024년 7월 10일 초판 인쇄 · 발행

ISBN 979-11-93913-06-2 03810

값 10,000원

시마을3050 제6집

그런 방 하나

문학은 현실 밖 또 다른 우리들의 세계이다.
문인들은 현실과 구별되는 각자의 세계를 소유함으로써
보다 더 진실되고 광대하며 초현실적 영역을 차지한다.

문학은 인생이고 연인이며 삶의 반려자일 것이다.
우리 문학인들은 같은 세계를 공유하고 지적으로
사유를 공감하며 동반자로서 희열을 느낀다.

우리는 시마을3050이라는
문학의 길을 걷는 도반으로서 사색의 길을 함께 공유한다.
시마을3050 동인의 길을 걸은 지 벌써 20여 년
5집의 동인지를 발행하였고
이제 6집으로 세상의 이목을 받는다.

2024년 6월
시마을3050 회장 이경구

차례

이
경
구

그
런
방
하
나

유
후
남

차례

정
송
희

시마을3050 제6집

그
런
방
하
나

정
여
울

차례

권
재
호

그
런
방
하
나

윤

숙

2024
시마을3050

이
경
구

《문학세계》(2004) 시 등단

중랑신춘문예 입상(2006), 중랑문학상 대상(2021)

한국문인협회 회원, 한국문인협회 중랑지부장(8대), 중랑문인협회 고문

시집 : 『꽃을 키우는 남자』(2013)

간이역

찬 바람이 멈칫하는 역

중앙 통로에 누군가 놓아둔
개나리 화분 하나
하얀 종이 위 '봄'이라고 명찰을 달아 놨다
개나리가 아니고 봄이란다

첫 명찰을 달고 등교했던 시간이 이 간이역에서
오롯이 벌어지고 있다
마음이 헐렁해지는 순간이다

역사 내 통로 중간에 놓아둔 이정표 하나
따뜻한 마음 하나가 겨울바람을 녹이고 있다
레일 위를 달리는 쇳소리만 들리는
역 구내
들고 나는 사람들 마음 한구석에
또 누군가를 기다리며 보내고 있다

달리는 삶 속에 노오란 은유가 활짝 피었다

봄날의 상념

석양이 곱게 내려앉는 들녘
풀들이 춤추고 꽃망울 터지는 시간
눈치 보던 바람 일렁인다

처절한 몸짓
빛이 기울어 하루를 마감해도
대지는 구석구석 봄기운이 감돈다

생명들이 땅을 밀며 일어서고
석양이 대지를 감싸는
빛 고운 하루의 끄트머리
끝마무리 접고 분홍빛 연서를 쓴다

뜨거웠던 시절
어떤 꿈을 향하는지 모른 채
운명 같은 인연을 만나
서른 살쯤의 삶이 영글었고

날마다 숨 막힐 듯

하루가 가고 또다시 시작하는
끝없는 걸음

빛과 바람에 맞서는
뜨거운 여정이
내 삶의 열매를 만들어 냈으리라

빛의 굴절

토란잎에 물방울이 구른다
떨어질 듯 떨어질 듯
여린 잎에 구르면서 빛을 내고 있다

유난히 영롱한 빛구슬
잎과 물은 서로 배려심이 깊어
꽃 피우지 않고 허공 한쪽
빛의 온기를 받아 공간을 펼친다

꽃보다 더 아름다운 빛의 굴절
잎에 흡수되지 않는 지조
자존의 아름다움으로
바닥을 차며 구른다

햇빛을 모아주는 토란잎
미끄러짐에 삶을 펼치는 물방울
어울림으로 이뤄낸 화합의 장

흔들려도 넘어지지 않고

굴러도 떨어지지 않는

인력의 끈에 묶인 우리의 모습이다

낙화

날리는 꽃잎이
꽃놀이 잘했냐며
사랑 구경 잘했다고 전하라 하네

꽃비 흩날리듯 가 버리면
정들었던 불꽃응어리 어찌하냐고
맺은 열매는 보지 않겠냐 말하네

차곡히 쌓인 그리움 풀지 않고
세모시 옥색 치마 휘날리며
꽃비 내리는 길 떠나간 그대

휘날리는 꽃잎 어깨에 얹어도
손에 한 잎 받아 쥐지 못하는 설움
모른 채 떠나가는가

더는 갈 수 없는 생 무엇을 바랄까
구순의 고개를 넘어가도 꽃이고 싶은
그런 약속을 맺은 꽃길

하얀 얼굴에 떨어진 꽃잎 털지 않고
붉은 입술 내려앉은 어깨 감싸며
꽃잎으로 떠나는 그대

새벽 강

잠에서 덜 깬 새벽이
막 일어서는 시간
청둥오리 가족에게 가슴을 내어 주고 있는
저 중랑천 물길

지난여름
폭염에도 건재한 갈대숲
새벽 운동하는 사람들 품어 주고 있다

조곤조곤 물길이 길을 낸다

새벽 이슬을 밟는 발길에
갈대숲의
참새 떼 후두두 날아오르고
새 아침의 따뜻한 빛이
아프고 시린 가슴을 어루만진다

강이 내 안으로 흐르니 여유가 길을 만든다

이 여유는 내 삶의 활력소
내가 지쳤을 때 힘들 때 더 억세고 날렵한 기둥으로
나를 받치는 힘,

내 안에서 물 흐르는 소리 정겹다

힐링의 맛

연재 무협 소설을 읽는다
변화 없는 삶을 살다가 피곤하면
무협지 속으로 들어가
공중을 날아다니고 산을 쪼개며
정의 구현을 위한 협사가 되어
현실의 나를 잊는다
다음 회가 궁금하여 조급해져도
하루에 딱 한 회만 읽는다
등장 인물의 생사가 궁금해도
다음 회는 다음 날 본다
주인공의 활약이 궁금해도
하루를 열어 본다는 일념으로 산다
읽다가 행간을 놓쳐 엉뚱한 길로 빠져도 길을 버리지
않고 기억을 두드리며
빠져나올 때가 삶의 소득이다
2회 3회 연속 궁금증을 해소하고 나면
당장은 시원해도
미지의 길을 찾아 궁금증을 찾아가는 맛을 느낄 수 없다
미래가 정해져 있는 길을 걷는 게 아닌

모르는 길을 헤쳐가며 계획하는 일

그걸 하나하나 처리하는

그것이 진정한 삶의 맛이다

골목에서

길양이가 웅크리고 있는
눈썹 세운 골목은 온풍이 분다
생명은 의리로 뭉쳐
서로의 영역을 보듬는다

매일 반복되는 일상에서
일탈하고 싶었겠지만
다른 길로 가는 것은
목숨을 건 도박이다

높은 시멘트벽 무풍지대
가장 무서운 적은 동료

깊은 밤에는 밤하늘 보며
별을 찾다가
이슬 젖은 털 불빛에 빗질하고
온몸을 흔들며 핥는다

지하철에 말이 달린다

종로3가역 지하 광장에 검버섯을 키우는 사람들
하나둘 모여든다

바쁘게 지나가는 걸음에
동냥하듯 말 걸어 접힌 귀를 열고 구석구석에 돌아다니는
허름한 말 주워 담는다

갈 곳 없는 말들이 모인다
세상 이야기를 주고받아 소통의 언어를 구사한다
혼자 남은
외로운 말들이나 관절이 아픈 말들
허리 구부러진 말들이
외로움 아픔을 달래며

따뜻한 동굴 속으로 들어와 겨울을 난다

장기판에 말 달리며
바둑판 칸수를 헤아리며
남은 생을 견디고 있다

동행

둘레길 157킬로
봄, 여름, 가을, 겨울
서울의 길들이 엮여 있다

얼음장 날씨 녹이며
후끈거리며 걸었던 발
개울물에 담근다

지나온 길에 찍은 발자국
어디쯤에 지도 하나쯤 그려
뒤따라온 걸음이
밟았으리라

함께 걷던 사람들
하나둘 보이지 않는데
오늘도 누군가 곁을 떠났다

이제 혼자의 걸음으로
긴 겨울나기를 해야 하는가

빈 가지에 상고대 날카롭다

눈 쌓인 길 위에 고단을 벗어 두고
원점으로 돌아오는 저녁
둘레길의 끝이고 시작점이다

선자령

백두대간 선자령
겨울 산행은 꽃잔치다

눈으로 뒤덮인 정상
덕유산에 눈꽃 터널이 있다면
소백산 정상 눈밭은
아기자기한 생명의 맛
겨울 산행의 별미다

정상 고지가 1,000미터가 넘지만
가지마다 눈발이 사슴뿔처럼
위용을 자랑하는 덕유산
끝없는 눈밭의 광활한 소백산

사슴들이 눈을 뒤집어쓰고 눈밭을 뛰어다니고
꿈의 세계로 안내한다
가지마다 맺혀 꽃이 핀
죽은 나무에 생명을 불어넣고 있는 선자령

봄은 아직 멀었는데
온 산에 흰 꽃이 만개했다

덕유산 향적봉

향적봉 정상길
환상의 흰 꽃이 피었다

살아 천년 죽어 천년 산다는 주목
고사된 가지에 꽃 피었다
하얗고 탐스런 목화송이 만개했다
평생에 단 한 번 볼 경치
눈 터널 사열을 받으며 걸어갔다

눈을 끌어안고
안으로 휘어진 나무
눈꽃 터널 만들어 하늘 가두고
사랑을 품었다

사랑을 하면서도
사랑한다 말 못 한 나는 그에게
어떤 대가 없이 천경을 걷는다

검은 마음 더러워진 마음

깨끗한 눈꽃에 씻겨 맑아지는데
걸음은 왜 무거운지
눈 위에 찍는 발자국이 깊다

사랑해

너무 기뻐서 아무런 생각 못 하고
기쁨만을 생각하며
누군가에게 마음속 다하지 못한 말

자두나무의 꿈

겨울은 나무를 치료하는 대침이다

지난겨울 내내
고통을 이겨 열매 맺는 자두나무
꽃 피우고 열매 맺고
벌레들과 싸우며
잠을 자고
하늘 향해 꿈을 펼친다

보기 싫은 것은 바람이 쓸어 내고
아름다운 꿈은
하늘에 올려
하얗게 내려 덮어 버리는 눈 속 알갱이
가지마다 하얀 꿈을 심어
허공에 얼마나 많은 열매를 만들어 낼까?

얼었다 풀렸다 하는 겨울에
저렇게 구속의 몸이 되었다가
연녹색으로 피어나는 잎들
봄꿈을 꾸는 중이다

빗속으로 감꽃 지고

산길을 따라
참나무, 아카시아, 떡갈나무
사이사이 감나무
잎새마다 후드득후드득 떨어지는 빗소리
고향 뒤뜰로 달려가
장독대 위
떨어지는 감꽃 잎의 흔적을
찾아낼 때
종일 비 맞고 살금살금
골방문 여는 소리
아들을 찾는 토담집
안방,
늙은 어머니 목소리가 빗소리에 여울진다

2024
시마을3050

유후남

《문학공간》(2007) 시 등단
중랑신춘문예 입상(2006), 중랑문학상 우수상(2016)
한국문인협회 회원, 중랑문인협회 감사

둥근 눈

누군가의 눈빛에서
벗어날 수 없다

공중에 걸린 둥근 눈
복닥거리는 시장에도
고속도로에도

방안에 가만히 있으면
삼천 조각으로 펼쳐 보이는
내 마음의 감시자

형체도 없고
시력도 나오지 않는
가장 큰 눈

서리 맞은 감

땅에 떨어질까
바람 타고 사라질까

솜털 가득한 참새 떼
식사 시간

막대기 같은 손가락으로
앞섶 헤집어
빈 젖꼭지 물리던 할매

모자

온전하지 못한 혼자

누군가 빛나게 하는
꽃

장미 축제

가시 세우고 웅크리고 있던 시간
그리워서
배시시 피고

가슴 설레어서
미소 짓는 밤

별들이 내려앉은 중랑천
물고기도 떼 지어 상모 돌린다

옷

네가 없다면

갓 태어난 아이처럼
갓도 쓰지 않고
곳간도 필요 없는

알몸으로 즐기는 하루인데

은밀한 가르침

망우산 자락
흩어지는 바람에
몸을 내맡기고

양지바른 곳에 앉아
눅눅한 마음
가닥가닥 풀어 헤치니
잡풀 수북한 봉분 위로
흩어지는 아지랑이

살아가는 일이란
이리도 가벼운 춤사위라고
너울거린다

마중

햇살에 시냇가 얼음
눈물 흘리고

버들강아지 반가워
꼬리 흔든다

봄이 왔나 보다

지는 해

곱디곱구나

열일 하러 나와서
제 할 일 다 하고

개운하게 쉬러 가는
뒷모습

가을부터 시작되었다

이마에 흐르던 땀방울
억새 춤추는
바람에 흩어지는 벌판

버선코 닮은 육쪽마늘
새 삶을 찾아
흙 속으로 파고든다

단풍나무는
모두 벗어 던지고
눈보라에 맞설 채비
이미 마쳤다

모든 것은
가을부터 시작되었다

노을

새벽부터 쉬지 않고
달려오느라
벌게진 네 얼굴

마무리하는 색이 곱다

또 새로운 시작을
준비하러 가는
조금은 피곤해 보이는
네 표정

행복하게 보이는 것은
착각일까

입춘

옷깃 파고드는
매서운 바람
겨우내 쌓인 먼지
털어 내며
오고 있는데

금 간 마음
비가 곧 쏟아질 것 같은 속내

다독다독 쓰다듬으며
챙기고 있는지
물어보는 날

봄이 올 수 있도록

분꽃

너무 뜨거운 햇빛이 싫어
꽃잎을 오므리고
축 처진 분꽃

지나가던 실바람
톡톡 두드리며 하는 말

네가 발 디디고 있는 곳
그게 너를 만들어

2024
시마을3050

정
송
희

《自由文學》(2007) 시부 2회 추천 완료

한국방송통신대 '통문'(문학상) 수상(2012)

중랑문학상 대상 수상(2020)

한국문인협회 회원, 한국 自由文協 회원, 한국문인협회 중랑지부장(9대)

시집 : 『무지개 짜는 초록베틀』(2014), 『애플민트 허브』(2021)

꽃밭에서 보다

먼저 핀 꽃이 다른 꽃들이 날개 같은 꽃잎 맘껏 피울 수 있도록 제 모가지 *비스듬히* 비켜 주고 있었다. 엄마처럼 볕이 잘 드는 길 쪽으로 살며시 등을 밀며 그윽한 눈길로 보살피고 있었다. 누군가 위해 아무나 할 수 있는 일은 아니라고 말해 주고 싶다

백목련 꽃그늘

눈꽃송이처럼 내려앉는 백목련 꽃잎

목련꽃 핀 하얀 골목 거닐다
어린이대공원 목련꽃이 깨끗하다며
땀으로 주워 오셨지

환절기면 눈물 콧물 쏟아 내는
비염에 좋다며
자루에 담아 주렁주렁 걸어 주셨지

내가 죽을 때까지 차로 마셔도 남을 만큼
바삭해진 갈변의 꽃잎

무엇이든 해 주고 싶은
아버님의 간절한 마음
내가 차로 마셨던 거야
그랬던 거야

눈꽃송이처럼 내리는 백목련 꽃잎 위

포개지는 따뜻한 아버님 손

내게로 와 꽃그늘 펼쳐놓는다

새아기별

새아기별
쇠말뚝에 묶고 싶었네
사각틀 밭에 주렁주렁 별꽃송이 피우고 싶었네
틀 속에선 꽃 피울 수 없는 유목의 주소를 가진 새아기별
둥근 게르와 네모밭 사이 좁혀지지 않는 마음별빛
서로 다른 나눔의 거리
방목이 고요에 닿기까지
우린 소란스런 어둠을 가졌네
편견의 고집스런 잡초들
뽑아내는 초록빛 겨울밤

쇠말뚝에 눈부신 너를 동글동글 묶고 싶었네
나만의 사랑법으로

여우꼬리

탐스런 여우꼬리에 홀려
길을 헤맨다

어둑어둑 밤이 길어진다

길면 밟히고 마는
말조심 이유
여기 귀 모아가며 살고자 한다

그 여우꼬리 하나쯤
내게도 있다

드르륵 스르륵 문 열릴 때까지

눈 감고 걷는다
안개이랑 넘어 너머로

참깨꽃 이슬 매단 고랑길
유혈목이 배밀이하듯
굼뜬 내 걸음

드르륵 스르륵
천사문 열릴 때까지
먼먼 그곳에 잠든
착한 내게로 간다

갑자기 좋아지려고 하지 말자

갠지스강
ㅡ 신들의 속삭임

귀 열어 신을 부르는 방울 소리 듣는다

신은 신성한 곳에 계신다던 믿음이 쨍그랑 부서진다

노숙과 방랑으로 이룬 신들의 의미심장한 세계

아무리 시끄러워도 편안히 길바닥에 누워 잠자는

개들이 신이고

쓰레기더미 뒤져 끼니 해결하는 소들도 신이고

원 달러 원 달러 내게 손 내미는 아이와 엄마

그 선한 눈망울

모두가 편안함의 신들이다

부처의 힌두의 알라의 어우러진 기도 소리

그 웅얼거림 비처럼 맞으며

조각배에 몸을 앉히자

강물이 노 저어 신께 인도한다

내 영혼 온갖 소리로 내려치며 탈탈 터는

신들 속삭임

무상(無常)의 초심을 깨운다

우물은 깊고 깊었다

어떤 신의 손도 잡지 못하고 비틀거렸다

뙤약볕에 말라가는 찬드바오리* 우물가
내 전부를 놓아 버렸다
신들이 몰려와 손발 주무르며 물을 뿌려 주었다
웅성거림에 감았던 눈을 떴다
층층층 다시 오르는 길에
깊고 깊은 우물 속 푸른 하늘빛 보았다

우물 안을 들여다본 우린
수다신이 되고 말았다

* 인도에서 가장 깊고 큰 계단식 우물

울음을 넘는 몸짓

광주리 가득 빨래 담아 빨래터로 가신 엄마
삶에 찌든 때 개천물에 헹구시고 땀을 흥건히 쏟아 냈다
빈 물동이 무겁게 이고 공동우물로 간 언니
동영엄마 수다를 물동이 출렁출렁 가뿐하게 담아 왔다
슬픔은 몸으로 푸는 것
깊은 산중 속으로 가라앉는 마음일 때 벌떡 일어나
팔을 휘저으며 한두 시간
온몸이 땀 흘려 말게 걸어보는 것
가슴 뜨거워져 슬픔이 몸 밖으로 나갈 때까지 나는
몸을 쭈욱쭉 늘리며 걷는다

사과꽃비늘 떨궈내고 싶었을까

웅성웅성 아파트 화단 앞
손발 쭉 편 비행 낙하
꽃사과 나뭇가지에 우울증 걸어 놓고
후
두
둑
쿵

그늘진 눈빛
하루하루 수천 번 두려움 높이 낮춰
꽃밭 안고 잠들었을 것
잠든다는 건
웅크렸던 몸과 맘 저렇듯 쭈욱 펴놓는 일

사과꽃비늘 흩날리고
참새떼 지지배배 지지배배
울음 쪼아대고
내 마음
오래도록 시끄럽다

꽃향기를 보다

사오월 앞다투어 피는 꽃

그 앞에 모여 걸음을 멈춘 사람들

코끝들이 벌름거린다

저렇듯 자꾸 맡고 싶은 향기는 시린 바람

타는 목마름 견딘 꽃의 속엣말인 것을

소복하게 피우는 꽃들의 쓸쓸한 수다

그 말들 하염없이 보고 들으며 나는

향기 깊은 꽃에 대해 생각해 보는 것이다

지치도록 아픈 저 냄새 너머를

넌 누구냐

전화벨이 울린다

열한 번째 똑같은 물음 날아오는 저녁
다시 묻는 일밖에 모르고
내 대답을 지운다

되풀이말
고운 꽃 송이송이마저
얼룩무늬 다 핀다

엄마의 순간 기억은 깡마른 갈대
그리움조차 머나먼 북쪽
어둠 속 늪에 들어 물컹하다

북풍에 외따로이
곁에 없는 누군가를
열한 번째 찾는다

거듭되는

이 물음
나, 누구냐?
(who I am?)

한 호흡 멈추고 싶다

바람 돌아눕는 소리 듣다
산새들 옹알이 듣다
풀벌레들 부산스러움 살피다

잎새들 떨림 보다
능선 넘지 못하는 갇힌 소리 듣다
죽은 듯 살아 있어 고요가 없다
묶여 있어 아플 수밖에 없는 것들
실뱀 한 마리 샛길 내는 사이
하얀 나비 산수국꽃잎 이불이 되다

숲속에 자꾸 갇히는 날
날다람쥐 한 마리
떡갈나무 높이높이 오르는
첩첩산중에 들다

2024
시마을3050

정여울

《自由文學》(2009) 시부 2회 추천 완료
중랑신춘문예 입상(2007), 중랑문학상 우수상(2017)
한국문인협회회원, 한국自由文協 회원
시집 : 『쉼표』(2023)

눈 내리는 새벽

너희 죄를
모두 사하노라

다시는
죄짓지 마라

은총의
눈꽃길을 걷는다

위로

힘들면
쉬어 가렴

넘어야 할 고개는
누구나 있는 거야

하늘 한 번 올려다보고
큰 숨 내쉬렴

다시 눈감고
내일을 꿈꾸는 거야

일어나
걸어 보렴

괜찮아
다 잘될 거야

매미가 우는 까닭은

살아 있는 것들엔 울림통이 있다

미루나무 우듬지에 올라앉아
지난날
알게 모르게
온몸에 덕지덕지 덧대어진 허물
두들겨 떨어뜨리지 않으면 숨 쉴 수 없다

울림통을 두드린다는 건
깨달음을 향한 몸부림
어둠과 안개를 걷어내고
새로운 길을 찾아가는 것

심장을 열어놓은 길
가장자리부터 녹아들어
내 젖은 가슴팍
새순 하나 돋아난다

그럼에도 불구하고

아스팔트가에
납작 엎드려 핀 풀꽃

쏟아지는 태양
눈 비 바람
내달리는 자동차
팔다리 펴지 못해도

불을 품고
묵묵히
제자리를 지키는

살아낸다는 건
그럼에도 불구하고
일어서는 것

당당히 자리 잡은 풀꽃
아침 햇살 속
반짝
날카롭다

포장마차

이곳에 들어서면
그 누구나 소설을 쓴다

희미한 불빛 속
거리에 밟힌 여린 마음들을
주워 들고 들어와 들꽃을 피우기도
종달새 되어 하늘 높이 날려 보내기도
먼 기억 속
앞집 순돌이 뒷집 옥이도 불러와
술잔을 마주 건네며
잃어버린 꿈동산을 달려가는 곳

툭 툭 끊어진
나의 꿈조각들을
하나 둘 세어 맞춰 보며
내일의 태양을 기다린다

순간을 쌓다

마루 끝
잠시 들어온 봄햇살

커피잔 들고 책장을 펼치자
후레지아꽃향 목덜미 감아 돌아
미소가 절로

그래
이렇게 순간순간을 쌓으며
꽃울타리 만들어 가는 거야

행복은 순간이다

햇살 속
티끌마저
온몸 흔들어대며 반짝인다

다람쥐 밤 까먹듯

높이높이 알밤을 쌓는다

산더미를 이루어 앞이 보이지도
꾹꾹 목구멍까지 밀어넣어
먼지 한 점 뺏길 수 없다며
옴짝달싹 못하고
불꽃 튕긴 눈알만 굴리는 걸 봐

움켜쥐어도
더 높이 쌓아도
손가락 사이로 빠져나가는
너를

비움만이
우주를 얻는 것임을

절벽

나뭇가지 끝에 간당간당

떨고 있는 새 한 마리
비바람에 맞서
한쪽 발로 간신히
떨어질 듯 떨어질 듯

버틴다는 건
반드시 날고야 말겠다는
또 다른 비명

낭떠러지임을 알 때는
이미 절벽이 아닌 것

당당히 가슴 펴는
날갯짓

올려다보는 하늘빛
푸르다

반창고

건들지 마
가만가만 내버려둬

지그시 눈 감고
소리 들어 봐
마디마디 봄바람
소올솔 소올솔

연둣빛 고운 숨결에 젖어
싹트고 꽃이 필 거야
곧 새살이 돋을 거야

아픈 만큼
성숙해진다잖아
다시
꿈꾸는 세상이 오는 거야

별꽃 한 송이 웃음소리

보름달

오늘
온 땅을 밝힌다

이 밤
맘껏 누려라

내일은
어제를 그리워하리라

활짝 핀 꽃
시간이 지나면 떨어지는 것

삶은 한순간이다

작은 방

아무도 모르게
들여놓은 작은 방 하나

바람 불고 비 오는 날이면
젖은 눈으로 숨어들기도

돌아서는 어깨 위로
떨어지는 낙엽이어도 좋다던
싱그럽던 이파리

멀어져 버린 이름 속
번지는 물감

깊게 물들여지는 꽃물
가슴속 가득 출렁인다

가을을 연주하다

가을엔 누구나 악기가 된다

툭
알밤 떨어지는 소리
상수리나무에 앉은 도토리
놀라 떨어져
데구르르
솔바람
긴 터널 뚫고 나와
영근 세상 꿈꾼다

가을숲은 악기가 되어
넉넉한 여유로움으로
숨찬 호흡을 만지작거리며
물컹해진 소리들을 고르고 있다

오선지 길을 따라
나지막한 화음으로
우주를 조율하고 있는 갈참나무

2024
시마을3050

권
재
호

《自由文學》(2012) 시부 2회 추천 완료
중랑문학상 우수상(2020)
한국문인협회 회원, 한국自由文協 회원

몽돌의 가치

상대를 읽는다

섣불리 말하면

엉뚱한 이야기가 된다

불쑥 던진 한마디

가슴에 대못 쾅쾅 심는다

불면의 뿌리가 된다

추억 언덕 이야기

다리가 섬 연결하듯
서울 대구 예천 부산역에서
다리다리 도다리

친구와 따끈한 청하 한 잔의 바다
구수하고 넉넉한 학창 시절
보따리가 풀린다

다리다리 도다리

모여라
이야기 부어라
웃음을 마셔요
다리다리 도다리

사물 인터넷

손은 언제나 바뀐다

피아노 연습한다
한 옥타브에 자리 바꾸는 손이
악보에 따라 명곡을 연습한다

자율주행차도 동산도 부동산도…
인터넷 장에 무선으로 연결돼
감지기 따라 움직인다

옥타브도 집도 차도 네 것도 내 것도 없다
잠시 빌려 쓸 뿐
사물은 제자리 지킨다

사물과 연결선 따라
손은 언제나 바뀐다

거울

각을 세우고 있다

마주 서서 보면
지나온 날이 얼굴에 보일까?

내 모습 볼 수 없어
시선 날카롭게 각을 세운다

거울에 집중하고
양파 한 꺼풀씩 벗기듯
지난 시간들 속의 나를 들여다본다

매운 속살에 눈물 흐른다

가족

출장 갔다 집에 가면서
강냉이 들고
귀가하는 동료

가족을 챙기는 가장 어깨
쓸쓸하다

빈손으로 가는 하늘길인 것을

내 가족을 생각하다
집 지나친 줄도
모르고 걸었다

우정

배우자 사망 신고 못 하고
몇 해를 지내는 친구

자책의 시간먼지를 껴안고 있다

떠나 보내 주어야 하는 것을
알면서 붙잡고 있는 노을빛 마음

사랑보다 진한 우정이라고 한다

자기소개서

학생들이 취업하기 위해
영상 툴에
나를 포장해 넣고 있다

지나온 날들
다가올 일들 청사진으로
나를 보여 주어야

소망들 담아
희망 꿈을 넣어

자기소개서를 만들어 가고 있다

지나온 날로
내 인성을 보여 주어야 한다

썸

당신과 썸 타다
가족을 만들었네

둘만 남은 집
당신은 여전히 바쁘네

홀로 지친 빈 섬에 갇혀
내 멋대로 파도에 올라 보네

갸웃한 또 다른 내가
저 멀리 수평선 너머로
당신과 썸 타며
영과 혼을 나누고 있다

풍뎅이

단밤을 햇살에 말린다

꿀밤 냄새에
풍뎅이 날아든다

휘휘 손사래로 쫓아 보지만
달아나지 않는다

사랑 맛에 푹 빠져
정신을 잃어도 좋은 것일까

비닐봉지에 몽땅 쏟아 넣자
죽어 가는 풍뎅이

당신 괜찮은가요

수세미 목에 걸린 좌변기
밀고 당겨도 기척이 없다

제구실 못한다는 것
서로에게 불편함을 준다

어느새 낡아 버린
우리 몸

당신과 이별 앞에
아픈 몸 어루만지며

아쉬운 마음 달랜다

비자금

보기만 해도 든든하다

빈
아파트 한 채

꺼내 보면

든든한 외딴 주머니다

터치 소리

그림 색 입히고 있다

피아노 건반 따라
헤엄치는 소리 듣는다
그림 그리는 붓 따라
안으로 움직이는 터치 소리

울림소리 더듬고 있다

2024
시마을3050

윤

숙

《自由文學》(2013) 시부 2회 추천 완료

중랑문학상 우수상(2018)

한국문인협회 회원, 한국自由文協 회원

산수유꽃

눈부셔라
메마른 가지 뚫고
울음을 삼킨 것들!

노랗게 앙다문 입술로
몽울몽울 매달리는
소녀 시절 그리움이다

감춰도 감출 수 없는
사랑의 속삭임이다

너도 된장

붉은 메줏덩이와 소금물 메줏가루
버무려 놓은 긴 기다림이다

된장이 되기까지
파도에 뾰족 돌이 깎여 몽돌 되듯
떫고 쓰고 짠
새파랗게 날 선 것들
비바람 몰아치는 태풍의 벽을 넘어야 산다

살아간다는 것
나를 버려 너와 하나 될 때
새로운 우리가 되는 것을

한 겹 한 겹 벗으며
낮아지고 비우고
가슴속 시린 삭풍 훌훌 털어 낼 때
비로소 받아들이고 어우러지는

된장은 삶이다
인생이다

멀미

화르르
기습적으로
개나리 진달래 벚꽃
흔들어 깨우는 바람

그리움과 반가움
환희 뒤에 오는 아쉬움

눈부신 알 같은 삶과
묵언의 죽음도
봄꽃 같아
한바탕 꿈인 것을

문득
창밖의 꽃잎
와르르
사라지는
찰나의 어지러움

환승역 길 찾기

지하철 환승구 찾아 내려가니
두 갈래 길 나온다

방향 안내 표시 따라
앞선 발자국 뒤만 졸졸졸

한참 가다가 보니
이건 내가 갈 길의 반대 방향
멈춰서 멍한 모습으로 길을 본다

선택은 불안을 순식간에 잠재우는 법

희미한 불빛 밝힌 맞은편 길로
한걸음 먼저 내디뎠다

여기서 보니
내가 놓친 길들
환히 보인다

흐르는 것에 대하여

막히고 난 후 알게 된 흐르는 것들의 자유

그립다

쿨렁쿨렁 물 내려가는 소리 듣다 보면

마음이 만든 감옥길에 보랏빛 물꽃 핀다

동행

북한산 둘레길에 감나무
열매 되는 것들만 품고 산다

버림 받고 나뒹구는
속 시꺼먼 또 다른 감의 길

순간순간 쉬운 게 있을까

슬프거나 외롭지 않게
완숙으로 가는 길은
오체투지인 것을

저 산 아래
나뭇가지 흔드는
바람과 내가 손잡고
함께 걸어가고 있다

일어서는 바람

바람 부는 날
문경새재 오르면
억새들의 하울링이 들린다
우우…… 우우우

잎새에서 잎새로
동학민의 붉은 함성
온 산이 들썩거린다

꿈꾸는 자만이 꿈을 이룰 수 있는
기암과 괴봉의 조령산이 힘차다

새도 쉬어 넘는 그곳에 가면
천공을 향한 민초들의 열망이
결코 사라질 수 없는 바람이 되어
아직도 흐르고 있는 것을 볼 수 있다

오빠 생각

아지랑이
아른아른 피어오르는 이 봄날

끝내 하지 못한 이야기
흐르는 강물에 고요히 풀어놓으면
아련한 마음
물빛으로 반짝일까

나무와 풀꽃은 아직 그 자리 지키고
세상 또한 그대로인데
오빠 떠난 빈자리 바람만 서성인다

한 세월 꺾어지도록
너무 그리워서 부른 이름
앞뒷산 메아리로
살아서 돌아오기까지
남몰래 눈물 삼키며 꼭꼭 숨긴 것들

오늘

뻐꾹새 울음으로 돌아온다

뚝배기

한 솥에 우려지는
하나의 마음

뼈대 생각
우려내고 견디다 보면
엉키고 꼬인 것들이

우르르
우르르
두 손 들고 돌아오고 있었다

노을물 들다

배추흰나비 날개 위로 저녁노을이 물든다

천의 물소리
만의 바람 소리
밀려가고 오는 물결

나비 날갯짓으로
저녁이 오고
새벽이 온다

장다리꽃 고랑 사이로
배추흰나비의 날갯짓이 세상을 끌고 간다

배추흰나비 날개 위로 아침노을이 물든다

분꽃

한 편의 시를 담아내는
그대의 방

새의 노래
눈부시게 일렁이는 여름

태풍이 지나간 뒤
꽃은 지고
천천히 열리는 까만 씨앗
또록또록한 노래

그런 방 하나 갖고 싶다

분갈이

영산홍 무더기무더기
눈부시게 피었다

비바람 불어
잠 못 드는 겨울밤
얼마였을까

흔들리는 내 뿌리
생채기 아물도록
낙수에 바윗돌 뚫리도록

바램은 기도가 되고
기다림을 견딘 끝에
마침내 피워 올린 주홍꽃빛

이제
꽃몸살앓이 없이
꽃길만 날개 펼쳐 가거라

단풍잎 하나

노을도

허리 휜 노인의 뒷모습도

뒤따르는 누렁이도

하나의 마음으로 익어 간다

그걸 물끄러미 보고 있는 단풍나무가

붉은 잎 하나 저도 모르게

사르르 떨어뜨린다

2024
시마을3050

이
호
재

《불교문학》(2013) 등단
한국방송통신대학교 국어국문학과 졸업
중앙대학교 예술대학원 시 창작 전문가과정 수료
중랑신춘문예 우수상(2007), 중랑문학상 우수상(2018)
아산문학상 우수상(2020)
한국문인협회 회원, 중랑문인협회 부회장

거울

난 자연의 모습을 닮았어요
언젠가 당신을 따라간 용산리 저수지에서
내 모습을 보았지요

응달은
그믐 달빛처럼 난반사를 즐기지만
난 사실 빛을 좋아하지 않아요

수면에 비친 산 그림자를 보다가
물에 잠긴 풀숲을 보다가, 문득
표표히 떠돌다 사라지는
풒의 환영을 보았어요
그는 멸절된 이름일까요?

후~
허물어진 건물 속
거울에 비치지 않는
늑근은
허상일까요?

그물에 걸린 하늘

영흥도 길목을 지키는 섬
선재도가 바다를 가두고 있다
송수관은 두 세계가 통하는 블랙홀
커다란 빨대로 섬이 바다를 삼키고 있다
용궁의 백성들이 트럭에 실려 호수에 유배된
인공 바다에서 방갈로가 낚시를 한다

일렁이는 삶과 죽음의 경계에서
아가미와 허파의 방식이 마주한다
수면에 양발 걸친 낚시찌는 선망의 대상
다이빙 자세와 곧추선 자세가
한 몸으로 두 세계를 조율한다

잔물결이 비늘처럼 반짝이는데
흐린 물빛 속 물고기 기척은 보이지 않는다
하루 몇 번 공수되는 바닷고기는
물 밖으로 잡혀 나가고 물밑으로 가라앉고
어두운 물속 물고기 숨소리는 들리지 않는다

수중을 들여다보며, 폐수 유입으로 오염되었을 거란다

물 밖 허공을 올려보며, 굴뚝 분진이 폭설처럼 쌓였을 거란다

내리는 빗물이 불순하단다

오르는 안개가 매캐하단다

하늘이 그물에 걸렸다

내 낚싯바늘엔 물고기가 걸리지 않았으면 좋겠다

껍데기의 노래

난 껍데기가 아냐
마래방죽에서 나고 자란 서동처럼
껍데기가 아녔던 서동처럼

천만 송이 연꽃 속에 연못이 피어 있듯
연꽃의 알맹이는 원래 진흙이었듯
난 껍데기가 아냐

이웃 나라 공주님을 감히 연모한 것은
껍데기인 자신이 알맹이를 품고 있다는 걸
굳게 믿었기 때문이지

마를 캐듯 소문을 채취한 노래가
서동요라는 걸 모르는 신라 사람은 없지
노래의 껍데기 속에 공주가 있지

권세가 있어야만
부귀영화를 누려야만 알맹이이겠소
껍데기가 되어 버린 정림사지에서 알맹이를 보았소

꽃잎 떨어져 내린 낙화암에서
알맹이를 보았소
백마강 물결에 울려 퍼지는
고란사 종소리도 알맹이였소

영화롭던 궁궐은 사라져도
마래방죽 남지(南池)는 알맹이로 남았듯이

난 껍데기가 아냐
알맹이를 꿈꾸는 난
껍데기가 아냐

미나리아재비가 올 때까지

복수초를 찾아왔어요
왜 왔냐고요? 오해하진 마세요
당신, 복을 누리며 오래오래 사시길
안녕을 빌어 주고 싶은 게 내 진심이에요

독을 다스리면 약이 되는데

아픈 건 왜인가요? 죽긴 왜 죽어요
당신만의 잘못이 아니지만
내 잘못도 아니라고요

버들치가 동자개가
물 밖 하늘 향해 주둥이 뻐끔거리는 게
인간들 잘못 아닌가요?
샘물 같은 하늘은
지금 어디에도 없어요

들숨만 숨인가요
혼자만의 생각을 버리라고요

마스크도 날숨이 있다는 건
배려를 잊지 말라는 말이에요

나를 경계할 땐
옹달샘을 찾는 아가미를 생각하세요
숨은 함께 보살펴야 지킬 수 있다는
경고는 가볍지 않아요

내 수단은 복수초의 독성에 지나지 않는 것을
바이러스를 누가 키웠나요?
사실 난 생령도 없이 떠도는 존재
미나리아재비가 오기 전에 떠나려 했는데

님 떠난 자리에

그곳에 가니
목마와 숙녀가 있더라
바바리코트와 넥타이 휘날리는
신사가 있더라
고독한 슬픔
은성이 있고 명동이 있더라
잡지의 표지처럼 통속한 인생이 있고
사랑은 가고 남은 옛날이 있더라
목마는 처량한 방울 소리를 남기고
가을 속으로 떠났다더라
세월이 가도, 그곳에는
모른 채 잊혀가는
남이 될 수 없는 까닭이 있더라

그곳에 가니,
침묵이 있더라
님의 흔적을 지키던 무산이 있더라
만해도 무산도 모두 떠나고
거미줄 드리운 고요가 남았더라

고적한 전당에 자취와 문향(文香)이 넘치더라
왔다가 떠나는 것은
푸른 산빛을 깨치고 떠나가는 것은
오롯이 생의 이치더라
산새의 먹이를 남기고 홀연히 떠나가는
미련도 허무도 없음이더라
떠나 온 곳은 어디고
떠나가는 곳은 어딘지

인제 가면 언제 오는지
알 수 없음이더라

미경과 원경 사이

까막눈처럼 들여다보고
샛눈으로 바라보자
심안으로 살펴보고
거꾸로도 보자
뒤집어도 보자
뻔한 진실이 숨겨질 때까지

익숙하다는 건 착각일 테지
안다는 건 자만일 테지
낯설다는 건 호기심일 테지
모른다는 거 발뺌일 테지

가깝다고 가까운 게 아닌 것을
멀리 있다고 먼 것만이 아닌 것을

또렷이 빛나는 별은 자꾸만 멀어지고
보일 듯 말 듯 미물은 가까이 숨어드는데
네게 닿을 수 있는 시간은
거리에 비례하지 않네

현미경 피사체 거리가
망원경 가시거리보다 가깝다고?
미시 세계에도 우주가 있다고

시간의 절반은 거꾸로 자라는데
과거와 미래,
더 긴 시간은 어느 쪽일까

나를 들여다보고 있는 건 누굴까

아

내 입에 숟가락을
살포시 갖다 대는 엄마,
아~ 하신다

한 숟가락 두 숟가락, 열세 숟가락
반복되는 아~ 소리에 지치셨을까?
이젠 소리 없이도
아~ 하고 입을 벌리신다

밥은 내가 먹는 건데
왜 엄마가 밥 먹는 시늉을 하시는지

엄마도 배가 고프신 모양이다

이름표

네 가슴에 달린 명찰이
예쁘다

예쁜 명찰 가슴에 단
네가
예쁘다

봄

봄은 보는 이가 있어야 완성된다
보아야 봄이고
봄이 있어 내다볼 수 있다

화단의 수선화 움도 솟아 나와 봄
땅거죽 들추면 작약 순 붉은 눈도 봄
국화 검불 아래 새잎도 푸릇하게 봄

봄에서 봄으로 본다

마당에서 앞발 가지런히 내놓고 간식을
기다리는 복돌이도
붕어마름 사이 누비는 수족관 구피들도
내 거동에 묻어난 기색을 보고 있다

이제 곧 사방 천지에서 일어난 봄이
수만의 눈으로 나를 지켜볼 것이다